15/12/94
CL

LE GUERRIER ET LE SAGE

À Donna, Ariana et Alexander

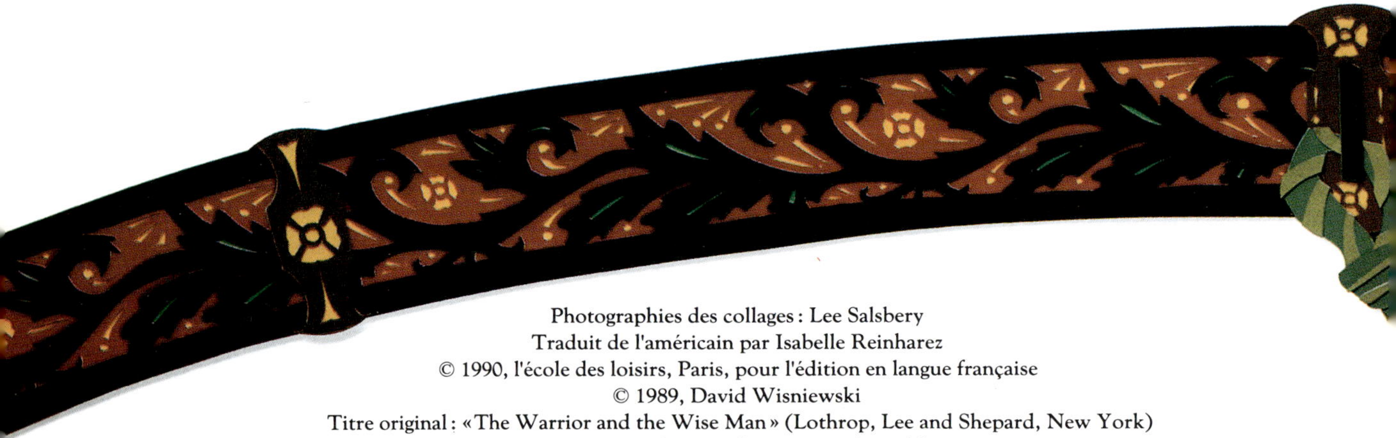

Photographies des collages : Lee Salsbery
Traduit de l'américain par Isabelle Reinharez

Titre original : « The Warrior and the Wise Man » (Lothrop, Lee and Shepard, New York)
Loi numéro 49 956 du 16 juillet 1949 sur les publications
destinées à la jeunesse : septembre 1991
Dépôt légal : septembre 1991
Imprimé en France par Jean Lamour, 54320 Maxéville

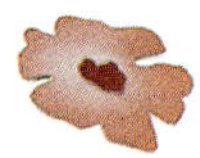

David Wisniewski

LE GUERRIER ET LE SAGE

lutin poche de l'école des loisirs
11, rue de Sèvres, Paris 6e

Il y a fort longtemps, au Japon, un empereur avait des fils jumeaux. Si physiquement ils se ressemblaient, de nature et de tempérament ils étaient très différents.

Tozaemon, courageux et impitoyable, était le plus grand guerrier du pays.

Toemon, réfléchi et doux, était le plus grand sage du pays.

Un jour l'empereur fit venir ses fils auprès de lui. « Bientôt l'un de vous s'assoira sur ce trône », déclara-t-il, « mais comment choisir entre deux fils aussi admirables ? Je vous propose donc une épreuve.

« Le monde est composé de cinq éléments éternels : la Terre Qui Est Toujours Prodigue, l'Eau Qui Eteint Continuellement, le Feu Qui Brûle Eternellement, le Vent Qui Souffle Sans Cesse, et le Nuage Qui Couvre Sans Fin. Chacun est gardé par un démon monstrueux et son armée.

« Le premier qui me rapportera les cinq régnera. »

Le lendemain matin, les frères se mirent en route.

Tozaemon arriva le premier au jardin du Démon de la Terre. De grands arbres et de belles fleurs se dressaient devant ses yeux, mais Tozaemon les ignora. «Je suis Tozaemon!» hurla-t-il aux soldats à l'entrée. «J'exige une portion de la Terre Qui Est Toujours Prodigue!»

Les soldats essayèrent de lui barrer la route, mais Tozaemon éperonna son cheval et s'élança dans le jardin, piétinant et cassant fleurs et branches sur son passage. Il ramassa une poignée de terre et s'enfuit au galop, avec l'armée du Démon de la Terre à ses trousses.

Quand Toemon arriva, le Démon de la Terre arrêta de soigner ses arbres brisés, et le foudroya du regard. « Si je trouve le coupable », gronda-t-il, « je le réduirai en poudre pour parfumer mon thé. »

« Mille excuses pour les méfaits de mon frère », répondit Toemon. « Puis-je offrir mes humbles services et réparer ce qu'il a abîmé ? »

Le Démon de la Terre accepta l'aide de Toemon. A la fin de la journée, il donna à Toemon une boîte de la Terre Qui Est Toujours Prodigue. Ils se saluèrent poliment et Toemon poursuivit sa route.

Quand Toemon approcha du puits du Démon de l'Eau, il vit qu'une fois de plus son jumeau était passé là avant lui. Le Démon de l'Eau réparait une centaine de trous dans les parois de pierre de son puits. L'eau qui jaillissait à flots avait inondé le royaume du démon.

«Monseigneur!» hurla Toemon. «J'ai en ma possession une portion de la Terre Qui Est Toujours Prodigue. Comme mon frère est responsable de votre malheur, puis-je vous l'offrir pour rendre à vos domaines leur fertilité?»

Le démon prit la boîte et éparpilla son contenu sur le sol détrempé. Aussitôt des arbres majestueux, des fleurs fraîches et une herbe toute neuve surgirent de la terre.

Le démon reconnaissant tendit à Toemon une jarre scellée. «L'Eau qui Eteint Continuellement», dit-il, et il s'inclina.

Toemon pressait son âne vers la grotte du Démon du Feu quand son frère passa au galop, l'armée du Démon du Feu sur ses talons. Dans la grotte, le Démon du Feu, de la lave rougeoyante jusqu'à la taille, s'efforçait de remplacer la porte brisée de son gigantesque fourneau. Quand il aperçut Toemon, il gronda : « Tu oses revenir ? »

« Non, Monseigneur », répondit Toemon. « C'est mon frère jumeau le coupable. »

« J'ai soif ! » hurla le Démon. « Si j'avais seulement un peu d'eau pour apaiser ma langue en feu, je pourrais terminer cette tâche ! »

«Voici l'Eau Qui Eteint Continuellement!» cria Toemon. Il lança la jarre scellée au Démon du Feu, qui la vida d'un trait. Puis, d'une seule poussée puissante, le démon claqua la porte. Il modela un bol de lave et le remplit de flammes.

«En échange de la boisson», déclara le démon, en tendant le bol à Toemon, «voici le Feu Qui Brûle Eternellement.»

Quand Toemon arriva en vue du château du Démon du Vent, un cavalier isolé jaillit par la porte et galopa vers lui. Dans son poing protégé par une cotte de mailles, Tozaemon serrait un fragile éventail. Derrière lui, l'armée du Démon du Vent sortait en tourbillons des portes fracassées.

Toemon pénétra dans le château et trouva le Démon du Vent assis dans le grand hall battu par l'ouragan. Une immense torche fumait inutilement dans sa main. « Il me faut de la lumière! » tonna le démon. « Si je l'avais vu, j'aurais pu l'attraper! »

« Monseigneur! » cria Toemon. « Le Feu Qui Brûle Eternellement satisfera peut-être votre appétit! » Il alluma la torche du démon, qui brûla sans à-coups malgré le grand vent.

Le Démon du Vent donna à Toemon un petit éventail, semblable à celui qu'il avait aperçu dans la main de Tozaemon. « Un battement », expliqua le démon, « déclenchera le Vent Qui Souffle Sans Cesse. »

Quand il atteignit la montagne du Démon des Nuages, Toemon vit un homme descendre du pic brumeux, enfourcher un cheval et partir au galop, une armée vêtue de gris lancée à sa poursuite.

Au sommet de la montagne environnée de nuages, Toemon ne put distinguer le sol du ciel dans l'épaisse brume. « Bonjour ! » cria-t-il.

« Bonjour ! » répondit une voix.

« Où êtes-vous ? » hurla Toemon.

« Où êtes *vous* ? »

« Ici ! » s'époumona Toemon. Il agita l'éventail, et une rafale de vent dispersa le brouillard. Le Démon des Nuages se tenait là, épées aux poings.

« Magnifique ! » cria le démon. « On y voit enfin clair ! » Mais déjà les brumes revenaient subrepticement.

« Ne désespérez point, monseigneur », déclara Toemon. « Si mon frère a causé un tel tumulte, vous avez certainement droit au Vent Qui Souffle Sans Cesse. »

Le démon attrapa un joli nuage blanc et l'enferma dans une fiole. « Voilà pour vous », annonça-t-il, « le Nuage Qui Couvre Sans Fin. »

Toemon était encore loin du château de son père quand le bruit d'une cérémonie parvint à ses oreilles. Il s'avança jusqu'au pavillon où l'empereur accueillait le triomphant Tozaemon.

Soudain un terrible gémissement s'éleva des remparts: «Nous sommes perdus!»

L'empereur et sa cour s'élancèrent pour voir le désastre. Toemon et Tozaemon s'élancèrent avec eux.

Là, à perte de vue, se déployaient les armées conjuguées des cinq démons. Comme un seul homme, elles poussèrent un cri affreux: «Livrez-nous Tozaemon!»

Tozaemon se tourna vers son père: «Si j'ai gagné votre royaume», déclara-t-il tristement, «j'ai perdu la vie.»

Puis il se tourna vers Toemon. «Compliments, mon frère», dit-il. «Le trône sera à toi.» Il tira son épée et s'apprêta à descendre aux portes de la ville.

« Attends ! » cria Toemon. Il déboucha la fiole, et le Nuage qui Couvre Sans Fin s'éleva en volutes dans les airs, masquant le château à la vue. « Donne-moi les autres éléments que tu as pris », demanda-t-il d'une voix implorante à son frère. Perplexe, Tozaemon les lui donna.

Toemon ouvrit la boîte de Terre Qui Est Toujours Prodigue et en saupoudra le sol à leurs pieds. Instantanément un rempart d'arbres énormes surgit, barrant l'avance de l'armée.

Puis Toemon libéra le Feu Qui Brûle Eternellement. Un imposant mur de flammes rugit, et se précipita vers les armées. Les soldats rompirent les rangs et s'enfuirent.

Toemon versa l'Eau Qui Eteint Continuellement. L'énorme vague éteignit le feu, emporta l'armée en déroute, et la déposa mouillée, fris-

Enfin Toemon donna un coup d'éventail, et le Vent Qui Souffle Sans Cesse dispersa les nuages tourbillonnants.

L'empereur fit signe à ses fils d'approcher.

« Aujourd'hui », annonça-t-il, « j'ai appris une vérité essentielle. La force, si elle est indispensable, doit toujours être au service de la sagesse. Pour cette raison, Toemon sera le prochain empereur de ce pays. »

Ce qu'il advint, et aucun empereur avant ou après lui n'a mieux gouverné que Toemon.